DU SCHON WIEDER

Zoran Drvenkar Ole Könnecke

DU SCHON WIEDER

CARLSEN

1 2 3 05 04 03

Umschlag, Innenillustrationen und Layout: Ole Könnecke
Lektorat: Ulrike Schuldes
Herstellung und Satz: Karen Kollmetz
Lithografie: Die Litho, Hamburg
Druck und Bindung: Offizin Andersen Nexö, Zwenkau
ISBN 3-551-55240-1
Printed in Germany

für
jan & ben
z.d.

ein zwerg wird von niemandem geworfen.
gimli, sohn von glóin

zitat aus dem film »der herr der ringe«

ERSTER
TEIL

**Als Rocki ein Baby war, ahnte keiner,
dass er eines Tages so aussehen würde.**

Auch als Fredo ein Baby war, ahnte keiner, dass er eines Tages so aussehen würde.

Fredo und Rocki gingen auf dieselbe Schule,
und niemand wusste so recht,
was er mit diesen zwei Jungen anfangen sollte.

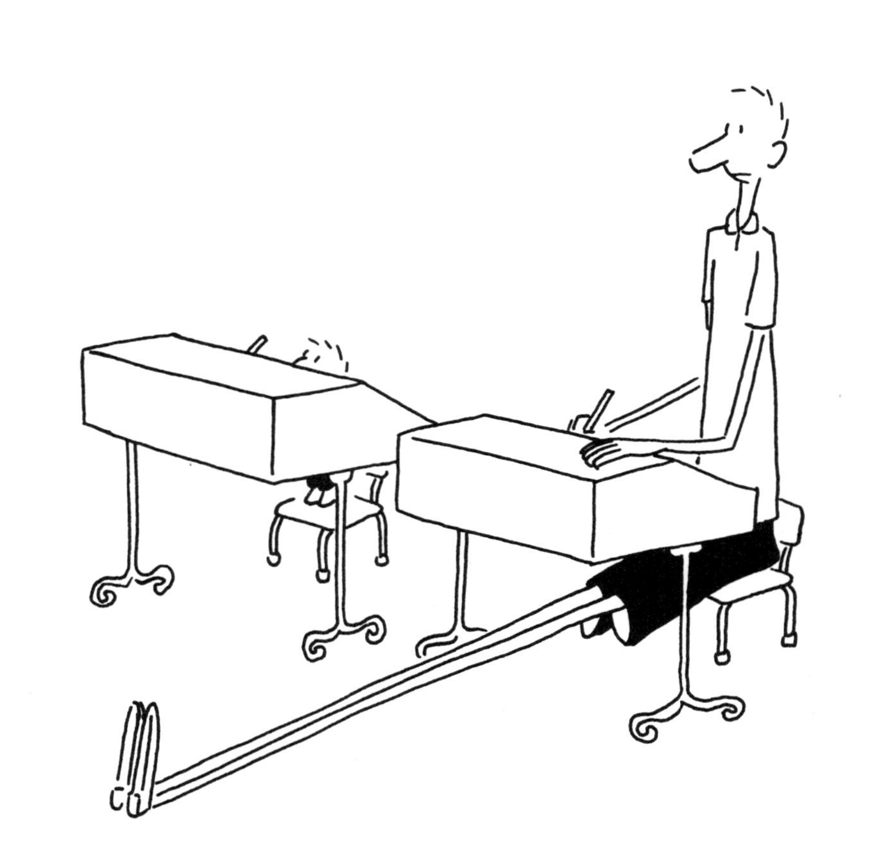

Rockis Familie sah bald,
dass ihr Sohn ein Problem hatte.
Und auch Fredos Familie konnte ihre Augen
nicht davor verschließen, dass ihr Sohn anders war
als alle anderen.
Also vereinbarten die zwei Familien sich zu treffen.

**Dieses Treffen wurde sehr merkwürdig, denn Rockis Familie hätte eigentlich Fredos Familie sein können.
Und Fredos Familie sah aus, als wäre sie Rockis Familie.**

»Wir könnten ja tauschen«, schlugen Rockis Eltern vor.
Doch davon wollten Fredos Eltern nichts wissen.
»Was machen wir nur?«, sagten sie.
Zum Arbeiten waren Rocki und Fredo zu jung.
Und in der Schule hatten sie auch nichts verloren.
Rocki hatte schon Probleme, in die Schule reinzukommen.
Und bei Fredo fiel es nicht auf, wenn er eine Woche lang
zu Hause blieb, weil ihn so oder so keiner sah.

Die Väter sprachen eine Weile über Sport.
»Vielleicht könnte man die Jungs für Golfen oder
Basketball interessieren«, sagte Fredos Vater.
Doch davon hielten die Mütter rein gar nichts

und so wurde beschlossen, dass Rocki und Fredo
in die Welt hinausziehen sollten.
»Macht das Beste daraus«, sagten ihre Eltern
und packten zwei Rucksäcke.
Einen großen und einen kleinen.

Sie fuhren Rocki und Fredo an die Stadtgrenze
und ließen sie dort am Straßenrand stehen.
Ein letztes Winken, dann verschwanden die zwei Familien
und Rocki und Fredo blickten verloren in die Gegend.

»Dabei sind wir nicht mal Freunde«,
sagte Rocki, ohne zu Fredo hinunterzuschauen.
Er senkte nie den Kopf, das war unter seiner Würde.
»So einer kann doch nicht mein Freund sein«,
sagte Fredo, ohne zu Rocki aufzuschauen.
Er sah nie auf, was oben war, interessierte ihn nicht.

»Also ich geh hier lang«, stellte Rocki fest
und ging in die Richtung, die ihm am besten gefiel.
»Mach ruhig«, sagte Fredo und lief
in die entgegengesetzte Richtung.
So spazierte der eine in den Sonnenuntergang
und der andere die Straße hinunter,
um wieder nach Hause zu gehen.

Und das ist das Ende der Geschichte:
Rocki verschwindet im Sonnenuntergang

**und Fredo wird mit Jubel und Trubel
von seiner Familie empfangen.**

Alles gelogen.

Was wirklich geschah, war ganz anders:
Rocki erreichte Schweden und beschloss,
nur mit Muskeln kann man etwas erreichen.
Von morgens bis abends trainierte er und machte
300 Liegestütze, ohne eine Pause einzulegen.
Und von abends bis morgens stemmte er Hanteln
und übte sogar, während er schlief.
»Irgendwas muss ich ja machen«, schrieb er
seiner Familie und wurde stärker und stärker
und stärker und dann noch stärker.

**Fredo dagegen lief glatt an seinem Zuhause vorbei
und landete in einem kleinen Städtchen bei Zypern.
Er eröffnete ein schickes Restaurant,
in das alle dicken Menschen kamen,
weil die Portionen so klein waren,
dass man davon gar nicht
dicker werden konnte.**

FRÈDO

Fredo schrieb seinen Eltern keinen Brief, sondern schickte ihnen seine Spezialität – winzige, selbst gebackene Dattelkuchen mit Nüssen obendrauf.

POST

Da waren also Rocki und Fredo.
Einer in Schweden, der andere in Zypern.
Und manchmal dachte Rocki daran,
wie es wohl gewesen wäre,
wäre er mit Fredo mitgegangen.

Und manchmal dachte Fredo darüber nach,
was er alles an Rockis Seite hätte erleben können.

ZWEITER
TEIL

**Wie es das Schicksal wollte,
schlug eines Tages ein Blitz ein
und Fredos Restaurant brannte
bis auf die letzte Wand nieder.
Fredo weinte vier Tage lang,
bevor er seine Sachen packte und Zypern verließ,
ohne sich umzublicken.**

**Zur gleichen Zeit erfuhr Rocki von seinem Arzt,
er könnte nicht mehr stärker werden, als er schon war.
Rocki trauerte eine Woche lang,
legte alle Hanteln beiseite,
bevor er seine Sachen packte
und Schweden verließ.**

DIPLOM

So kam es, dass Rocki und Fredo wieder unterwegs waren.
Und beide hatten nur ein Ziel – sie wollten wieder nach Hause.

**Zu Hause kamen sie am gleichen Tag
zur gleichen Stunde und Minute an.
Der eine mit dem Zug am Bahnhof,
der andere mit einem Fischkutter im Hafen.**

**Fredo lief aufgeregt durch die Straßen,
er war gespannt, was seine Eltern
von seinen Dattelkuchen gehalten hatten,
und wollte sie bekochen, bis sie umfielen.**

Rocki war genauso nervös.
Er glaubte, wenn seine Eltern sahen,
was er jetzt für Muskeln hatte,
würden sie sich freuen,
dass er wieder da war.

Bei Fredo zu Hause hatte sich einiges verändert.
Seine Eltern hatten zwei Kinder bekommen,
die beide groß gewachsen und schön waren.
Sie brauchten keinen Fredo mehr,
und von den Dattelkuchen, sagten sie,
hatten sie eine Woche lang schlimmen Durchfall.

Bei Rocki zu Hause sah es ähnlich aus.
Nur dass seine Eltern keine Kinder mehr bekommen,
sondern eine Menge Katzen adoptiert hatten.
»Hier ist kein Platz mehr für dich«,
sagte Rockis Mutter und setzte sich eine Katze
auf den Kopf, als wäre sie ein Hut.

Traurig wandte sich Rocki ab und wanderte durch die Stadt.

Genauso traurig lief auch Fredo durch die Straßen und wollte sich am liebsten in einer Pfütze ertränken.

**Und wie die beiden so durch die Gegend liefen,
trafen sie unweigerlich aufeinander.
Zwanzig Jahre waren vergangen,
es war aber so, als hätten sie sich
gerade eben erst gesehen.
»Du schon wieder«, sagte Fredo.**

»Blöder Zwerg«, sagte Rocki.
»Wie ist denn die Luft da oben?«, sagte Fredo.
»Hat der Kindergarten schon zu?«, sagte Rocki.
»Blöde Riesen reden viel, wenn der Tag lang ist«, sagte Fredo.
»Blöde Zwerge reden wenig, weil sie kein Gehirn in ihrem Erbsenkopf haben«, sagte Rocki.
Sie hatten nichts Besseres zu tun, als sich eine Stunde lang nur zu beschimpfen.

**Irgendwann mussten sie dann lachen.
Irgendwann saßen sie im Park
und hielten sich die Bäuche vor Lachen.**

Und irgendwann sah Rocki in die Wolken und Fredo ins Gras und dann fingen beide an zu weinen.

Am selben Tag entdeckten sie ein Plakat,
das an einer Hauswand hing.
Auf dem Plakat stand ein Aufruf
zur ersten ZwergenWeitwurfWeltMeisterschaft.
Rocki sah Fredo kritisch an und sagte:
»Du hast genau die richtigen Maße.«
Fredo schaute kritisch zurück und sagte:
»Dasselbe wollte ich auch gerade sagen.«

ZWWWM
PARIS

Eine Stunde später saßen sie im Zug nach Paris, wo die erste ZWWWM stattfinden sollte.

PARIS

DRITTER
TEIL

378 Zwerge von allen Kontinenten nahmen an der Weltmeisterschaft teil,

doch niemand flog so elegant,
niemand drehte sich so fein,
niemand landete so geschickt wie Fredo.

Und niemand warf so kraftvoll,
niemand warf so gezielt,
niemand gab sich solche Mühe wie Rocki.

Rocki konnte Fredo so werfen,
dass er 400 Meter entfernt
durch einen brennenden Ring fiel
und dabei sicher auf seinen Füßen landete.
Fredo wurde im Flug zu einer Schwalbe,
und Rocki war es, der die Schwalbe fliegen ließ.

1. PREIS

Bald schon sah man ihre Fotos auf allen Zeitschriften.

12
PARIS MATCH
ROCKI FRÉDO
1. PREIS

Rocki und Fredo wurden zu Festen und Banketten eingeladen.

Sie traten im Fernsehen auf und reisten von einer Stadt zur anderen.

Und bald waren Rocki und Fredo schrecklich reich.
Sie kauften sich jeder eine Villa
und schoben sie nahe zusammen,
damit sie Nachbarn sein konnten.

**Ein bekannter Regisseur drehte einen Film
mit Rocki und Fredo in den Hauptrollen.
Sie nahmen eine CD auf und konnten sich
kaum auf der Straße blicken lassen,
so viele Fans hatten sie.**

ROCKI und FREDO
IN
VOM WINDE
VERWEHT

**Ihr größter Traum aber war,
auf einem gewaltigen Zirkusschiff aufzutreten.
Davon träumten sie beinahe jeden Tag,
auch wenn es solch ein Zirkusschiff
gar nicht gab, machte es Spaß, davon zu träumen.
»Man muss Ziele haben«, sagte Fredo,
und Rocki gab ihm Recht.**

Alles ging gut, bis zu dem Tag,
an dem ein Journalist sie fragte,
wer denn von ihnen der Wichtigere sei.
Rocki.
Oder.
Fredo.

»Natürlich ich«, sagte Fredo, weil er es ja war,
der so toll durch die Luft flog.
»Natürlich ich«, sagte Rocki, weil er es ja war,
der Fredo zur Schwalbe machte.
»Wer denn nun?«, fragte der Journalist nach.

**»Ich«, sagten Rocki und Fredo gleichzeitig,
dann sahen sie sich an, dann wandten sie sich ab
und gingen jeder in seine Villa.**

Sie sprachen kein Wort mehr miteinander.
Zwei Wochen lang kamen sie nicht aus den Villen heraus.
Sie nahmen nicht einmal das Telefon ab.
Zwei Wochen lang saßen sie nur herum und schmollten
und schmollten, was das Zeug hielt.

Eines Morgens schlich Fredo aus der Villa
und ging zum Hafen.
Er hatte genug vom Zwergenweitwerfen,
er wollte die Welt sehen und viel Geld ausgeben.

So verschwand er in die Südsee und
fuhr flotte Autos und küsste tausend Frauen,
die viel größer waren als er.

**Kurz darauf verschwand auch Rocki aus seiner Villa.
Doch Rocki hatte nicht vor Geld auszugeben.
Er war so traurig über den Streit mit Fredo,
dass er beschloss für immer allein zu sein.
Er wollte keine Muskeln und auch keine Villa.
Er wollte rumsitzen und an nichts denken.
Ein bisschen meditieren vielleicht
und den Sonnenuntergang betrachten, ja.
Aber nicht mehr.**

ROCKI
FREDO

So landete Rocki in Alaska und lebte in einem Iglu und schaute durchs polierte Eis auf die Welt hinaus.

VIERTER
TEIL

**Auch das könnte das Ende dieser Geschichte sein,
wäre es Fredo mit der Zeit nicht
unendlich langweilig geworden.
Er wollte keine großen Frauen mehr küssen,
er wollte zum Frühstück nicht Champagner trinken
oder geräucherten Lachs essen.
Auch hatte er keine Lust mehr,
jeden Tag ein neues Auto zu fahren.
Fredo dachte immer öfter an Rocki.
Bald schon tat er nichts anderes mehr
und wurde ganz verwirrt.**

So gesehen war es für niemanden eine Überraschung,
als Fredo eines Tages vorm Strand von Hawaii
auf einer knallroten Luftmatratze lag
und ohne es zu merken
aufs Meer hinausgeschwemmt wurde.

Zwei Tage lang trieb Fredo vor sich hin.
Niemand kam, um ihn zu retten,
niemand dachte an ihn.
Meterlange Haie kreisten um seine Luftmatratze,
und Fredo wurde so traurig, dass er mit seinen Tränen
das Meer noch salziger machte, als es schon war.

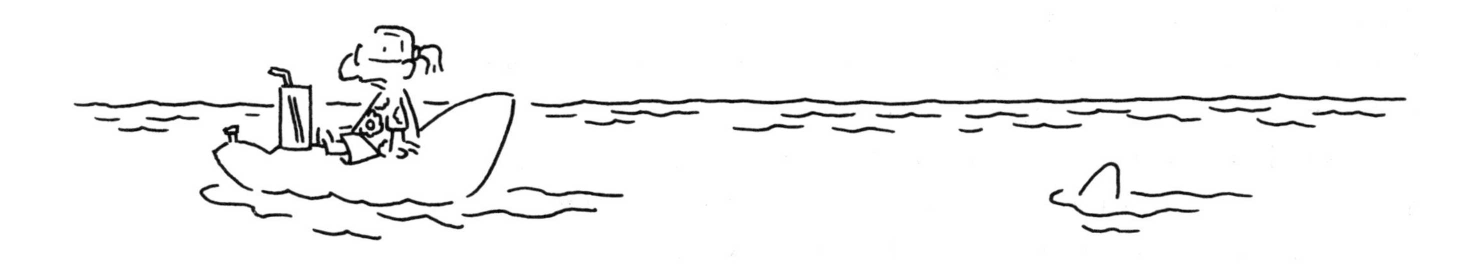

Auch Rocki passierte was Dummes.
Er machte einen Spaziergang durch den Schnee
und blieb am Eisrand stehen,
um sich den Sonnenuntergang anzuschauen.
Ihm war schon seit Monaten langweilig
und er fragte sich, was Fredo wohl tat
und ob er sich an ihn erinnerte.

Und wie Rocki das dachte, bekam er nicht mit, dass sich eine Eisscholle löste und lautlos auf das Meer hinaustrieb.

So trudelten die zwei Freunde über das Meer –
der eine auf einer Luftmatratze,
der andere auf einer Eisscholle,
die immer kleiner wurde.

Beide waren sie sehr durstig.
Auch wenn Rocki all das Eis unter sich hatte, durfte er nicht davon naschen, da konnte er ja gleich freiwillig untergehen.

Nach ein paar Tagen lag Fredo erschöpft auf seiner Luftmatratze. Die Zunge hing ihm aus dem Mund und er sah auf das Wasser unter sich und wünschte, er könnte einen großen, kühlen Schluck nehmen.

**Rocki saß zu der Zeit nicht mehr auf der Eisscholle,
denn die war schon längst zu einem
faustgroßen Eisklumpen weggeschmolzen.
Rocki lag im Meer und hielt sich mit tauben Fingern
an dem Eisklumpen fest und rechnete damit,
jeden Moment auf dem Meeresgrund zu landen.**

**Da stieß er auf Land.
Dachte er.
Es war aber kein Land.
Es war eine knallrote Luftmatratze.
Und als Rocki aufschaute, sah er Fredo
mit heraushängender Zunge über sich.
Und als Fredo ins Wasser runterschaute,
sah er Rocki nass und entkräftet unter sich.
»Was tust du denn hier?«, fragte Rocki.
»Na ja«, sagte Fredo, »dasselbe könnte ich dich auch fragen.«
Sie hätten bestimmt gelacht, als sie das sagten,
doch dafür waren sie jetzt wirklich zu erschöpft.**

»Ich würde dich ja gerne einladen«,
sagte Fredo, »aber viel Platz habe ich hier oben nicht.«
»Ich würde dich auch gerne einladen«,
sagte Rocki, »aber es ist etwas nass hier unten.«
»Du könntest schieben«, sagte darauf Fredo.
»Und du könntest lenken«, sagte Rocki.

So blieb der eine im Wasser und schob die Luftmatratze und der andere saß obendrauf und rief, wo es langging.

»Und wenn wir angekommen sind«, sagte Rocki,
»dann machen wir uns auf die Suche
nach einem vernünftigen Zirkusschiff, einverstanden?«
»Und wenn es sein muss«, antwortete Fredo und nickte,
»dann bauen wir uns eins, so machen wir das.«

Es war ein schönes Bild, das die beiden da abgaben.
Gemeinsam schwammen sie dem Sonnenuntergang entgegen.

Sie redeten dabei über alles,
was sie noch unternehmen würden,

sie vergaßen, sich jemals gestritten zu haben,

und wussten bald nicht mehr,

wer von ihnen der Große

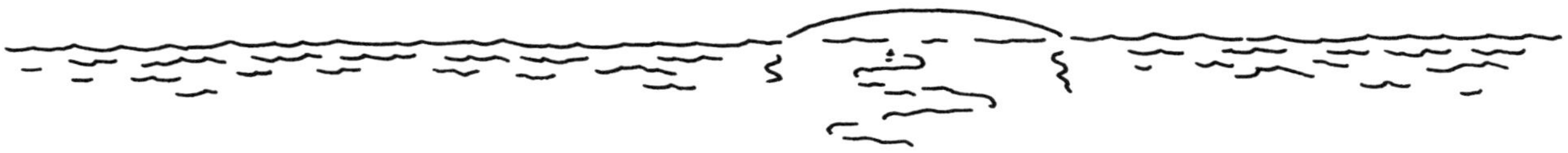

und wer der Kleine war.

ENDE

mein dank geht an

ole
durch den
rocki & fredo
nicht nur eine form bekamen
sondern ihr ganz eigenes
leben fanden

&

andreas
der mir kichernd
gegenüber saß
als ich ihm
die geschichte erzählte

&

ulrike
die aus rocki & fredo
am liebsten zwei pinguine
gemacht hätte

&

gregor & micha
die beide meinten
ole wäre der einzige
der diese bilder
zeichnen sollte

&

meine muse
die es sich nicht nehmen lässt
mich unermüdlich
mit neuen ideen
zu beliefern

z.d.

ZORAN DRVENKAR
wurde 1967 in Krizevci, Kroatien, geboren und zog als Dreijähriger mit seinen Eltern nach Berlin. Seit 1989 arbeitet er als freier Schriftsteller und hat mehrere Literaturstipendien und Preise bekommen, z. B. 1999 den Oldenburger Kinder- und Jugendbuchpreis für seinen Erstlingsroman »Niemand so stark wie wir«. Mit seinen Romanen »Im Regen stehen« und »Der einzige Vogel, der die Kälte nicht fürchtet« wurde er 2001 und 2002 für den Deutschen Jugendliteraturpreis nominiert. Zoran Drvenkar lebt heute in Potsdam, seine Romane erscheinen im Carlsen Verlag.

OLE KÖNNECKE, 1961 in Göttingen geboren, verbrachte seine Kindheit in Schweden. Während seines Germanistikstudiums begann er mit dem Zeichnen. Er hat zahlreiche eigene Texte und die anderer Autoren illustriert. Mit seinem charakteristischen Stil, der kongenialen Verbindung von Wort und Bild, ist Ole Könnecke einer der seltenen Glücksfälle im Bereich der Kinderliteratur. Bei Carlsen erschienen zuletzt seine Bücher »Doktor Dodo schreibt ein Buch« (für das er 2002 den Max-und-Moritz-Preis erhielt) und »Fred und die Bücherkiste«. Ole Könnecke lebt mit seiner Familie in Hamburg.